खंडन और विद्वेष

PERILOUS

सुमीत कुमार

Made with ♥ on the Notion Press Platform
www.notionpress.com

सुमीत कुमार

सुमीत कुमार, एक वयस्क जो जीवन के कई चरणों का अनुभव करता है, एक प्रसिद्ध लेखक और नए युग के लेखक हैं। वास्तव में वह एक लेखक होने के साथ-साथ गायक, कवि, शायर, उद्धरण लेखक, गीत लेखक और एक कलाकार भी हैं। एंकर या स्टैंडअप कॉमेडियन। उनके बारे में बहुत ही रोचक और दिलचस्प तथ्य यह है कि वे नए युग के लेखक हैं यानी उन्होंने अपने लेखन की यात्रा उस उम्र में शुरू की जब वह अध्ययन करने के लिए स्कूलों जा रहे थे। उनकी 100 पुस्तकों की स्ट्रीक महान होगी भविष्य में उनके लिए उपलब्धि, उनकी कुछ प्रसिद्ध रचनाएँ यानी प्रेम की परिपक्वता (शैली _प्रेम) स्वप्न की

गोपनीयता (शैली-मध्य वर्ग की जीवन शैली)।

आप नोटियन प्रेस, अबे बुक्स, इम्युजिक इन, फ्लिपकार्ट, एमेजॉन, किंडल, इंस्टेंट रीड लाइक ईबुक, किंडल, गूगल, इंटरनेशनल साइट्स और कई अन्य से भी उनकी किताब खरीद सकते हैं।

स्पॉटिफ़ पर पॉडकास्ट: @ ब्रोकन हार्ट

इंस्टा आईडी: बुकहब92

जीमेल: सुमितकुमार 88234

लिंक्डइन: सुमीत कुमार

क्रम-सूची

प्रस्तावना

इश्क और फारोघ की रेल गाड़ी कभी एक तार साथ नहीं चल सकती, न ही उसकी दास्तान एक होती है किशी मामले में पर जो भी है ये दो जिंदगी के वो फूल है जिन्के सुगंध सेह हमारी जिंदगी कभी बीगड़ जाति है तो कभी सुधर भी,सब अपने हाल से वक़िफ़ होते हैं दुनिया में ऐसा कोई नहीं है जो अपने हाल से वक़िफ़ ना हो

पर खुदखुशी की बात तो ये है की हम आपको वक़िफ़ होते हुए भी कभी उनसे दूर नहीं जाते क्योंकि हम जानते हैं की वही लम्हे हमारी जिंदगी में हमारे लिए खुद से ज्यादा जरूरी है बन जाते हैं,और उसकी इब्तिदा कब होती है किशी को नहीं पता.....

भूमिका

सुमीत कुमार

सुमीत कुमार, एक वयस्क जो जीवन के कई चरणों का अनुभव करता है, एक प्रसिद्ध लेखक और नए युग के लेखक हैं। वास्तव में वह एक लेखक होने के साथ-साथ गायक, कवि, शायर, उद्धरण लेखक, गीत लेखक और एक कलाकार भी हैं। एंकर या स्टैंडअप कॉमेडियन। उनके बारे में बहुत ही रोचक और दिलचस्प तथ्य यह है कि वे नए युग के लेखक हैं यानी उन्होंने अपने लेखन की यात्रा उस उम्र में शुरू की जब वह अध्ययन करने के लिए स्कूलों जा रहे थे। उनकी 100 पुस्तकों की स्ट्रीक महान होगी भविष्य में उनके लिए उपलब्धि, उनकी कुछ प्रसिद्ध रचनाएँ यानी प्रेम की परिपक्वता (शैली _प्रेम) स्वप्न की गोपनीयता

(शैली-मध्य वर्ग की जीवन शैली)।

आप नोटियन प्रेस, अबे बुक्स, इम्युजिक इन, फ्लिपकार्ट, एमेजॉन, किंडल, इंस्टेंट रीड लाइक ईबुक, किंडल, गूगल, इंटरनेशनल साइट्स और कई अन्य से भी उनकी किताब खरीद सकते हैं।

स्पॉटिफ़ पर पॉडकास्ट: @ ब्रोकन हार्ट

इंस्टा आईडी: बुकहब92

जीमेल: सुमितकुमार 88234

लिंक्डइन: सुमीत कुमार

पावती (स्वीकृति)

सुमीत कुमार

सुमीत कुमार, एक वयस्क जो जीवन के कई चरणों का अनुभव करता है, एक प्रसिद्ध लेखक और नए युग के लेखक हैं। वास्तव में वह एक लेखक होने के साथ-साथ गायक, कवि, शायर, उद्धरण लेखक, गीत लेखक और एक कलाकार भी हैं। एंकर या स्टैंडअप कॉमेडियन। उनके बारे में बहुत ही रोचक और दिलचस्प तथ्य यह है कि वे नए युग के लेखक हैं यानी उन्होंने अपने लेखन की यात्रा उस उम्र में शुरू की जब वह अध्ययन करने के लिए स्कूलों जा रहे थे। उनकी 100 पुस्तकों की स्ट्रीक महान होगी भविष्य में उनके लिए उपलब्धि, उनकी कुछ प्रसिद्ध रचनाएँ यानी प्रेम की परिपक्वता (शैली _प्रेम) स्वप्न की गोपनीयता

(शैली-मध्य वर्ग की जीवन शैली)।

आप नोटियन प्रेस, अबे बुक्स, इम्युजिक इन, फ्लिपकार्ट, एमेजॉन, किंडल, इंस्टेंट रीड लाइक ईबुक, किंडल, गूगल, इंटरनेशनल साइट्स और कई अन्य से भी उनकी किताब खरीद सकते हैं।

स्पॉटिफ़ पर पॉडकास्ट: @ ब्रोकन हार्ट

इंस्टा आईडी: बुकहब92

जीमेल: सुमितकुमार 88234

लिंक्डइन: सुमीत कुमार

1

जीवन की सीख

आज जो भी हलात है मेरे वो सिरफ मेरी वजाह सेह है, मुझे इसकी सही वजाह बिलकुल भी नहीं पता है, पर खुद को कामजूर महसूश कर रहा हूं, बड़ा आता है कुछ लोग साथ नहीं भी है वो दुनिया में जो भी करता है, अपनी सोच की बौदौलत ही करता है, कहो वो काम, ये किशी तरह की काम, प्यार, रिश्ते, बातें, ये तक भी बुरे भी, मुझे ये नहीं पता है? किश महात्व सेह दुनिया में आया हूं? प्रति मेरी सोच हर वक्त यही कह रही है कि अब जीने की फ़िदरात इतनी लंबी नहीं है, प्रति आयशा क्यों महसूश कर रहा है में, मेरे साथ तो हर वो साक्षी है जिसे मैंने प्यार किया है। नई पहचान दे सकती है, फिर आयशा कौन सी कहत है जो मुझे हर वक्त मेरी सेह अलग कर रही है, सारे के जलने का बाद उसकी रूह भी उसे छोड़ कर चली जाती है। मैं तुम्हें ही नहीं की जा शक्ति, इसकी कोई इच्छा ही नहीं है और न ही महान, जब हम खुद के शरीर को अलविदा कहते हैं है तो क्या वो हमारे बेगेयर अपनी सासियों ले पति है, की कोई भी है है, जीने मरना ये तो उस किस्मत की परचा है जो उस खुदा ने बनायी है, एक दिन में के ख्याल आते हैं मेरे मन के अंदर की अगर दुनिया में इंसानियत है तो हवानियत की गलीम क्या है की बारिश किसने की, जो भी ईश वक्त मौजूद वो साथ क्यों नहीं है, पास रहने की कहा त तो करता है दिल प्रति इसकी फिरता आजकल साफ क्यों नहीं है, मैं जो सोचता हूं वो कभी कर क्यों नहीं पाता,क्या उसकी इच्छा उस वक्त तक खतम

हो जाति जब हम उसकी तरफ आगे बढ़ते हैं, ये वो हम से कहीं दूर चली जाती है जिसके बारे में हम कभी सोचते हैं तो नहीं है, किस्मत को क्या मंजूर में कुछ कहते हैं कुछ सही नहीं है। ये किश तरह खामोशी हर रोज महसूश कर रहा हूं में, मुझे किशी और के सहेरे की क्या जरूरी है, मैं खुद भी अपने जीने की खविश को आगे बढ़ा सकता हूं, अच्छे फिर के पास हूं है फिरत को पाल रहा हूं में, जिनसे में अलग रहना चाहता हूं, दूर रहना चाहता हूं, अपने सब तक को मैं खुद के अंदर खामोश करना चाहता हूं, उसे में संभल क्यों, क्या खराब पा रहा हूं सब ने रिश्ते तोड़ दिए हैं, के धोके दिए हैं, अपनी फिदरत को हर बार बदला है, तो फिर में क्यों नहीं बदल सकता, क्यों उन की चिंता करता हूं जो मुझसे दूर जाना चाहता है। इतने धोके खाने के बाद भी, में उनके मोहल्ले के तारफ क्यों मर कर देखता हूं, क्या ये सही है, कौन से मजबूरियां मुझे उनके तारफ गीच रही है, क्या चाहता हूं, वहां मुझसे बहुत ज्यादा हैं है क्या, फिर भी जब उनके पास जाता हूं तो कुछ कह नहीं पाता, क्यों ऐसी कौन शि शराफत मेरे से में आकार कद से दुर हो चुकी है जिसी दलिलो ने मुझे अपराधी मान लिया है, खुद को गलत बताया प्रति उस खुदा ने मेरी फ़िदरत ना तो कभी उस ख़्वाब कबूल किया है और ना ही उसमें तालीम की डोर मेरे हाथों में दी है,

तो खुद से बहुत दूर जा सकता हूं, पर क्या ये सही है?

हर बार उन्ही लोगो की चिंता करता है में जो मुझसे नफरत करने की बात करने लगे हैं, मेरे पीठ पीछे मुझसे ही बगबात करने लगे हैं, क्या गलती की है मैंने मुझे नहीं पता, मैं हर हकीकत में कहता हूं क्युंकी बेगरत जिश साक्ष ने अपनी रूह तक उस कठघरे में शमील कर लिया है, और के लिए किया है उसे, उसे फिरत सही कैसे हो सकती है।

"बेगैरत ना

इश्क

की तालीम

मिली है

मुझे
और ना
ही
राहो
की नुमाइश
मुशाफिर
तोह बन
चुका
हुन पर
मंजिल
आजकल
उस्के
बिना
कुछ
खास नहीं।
"

मेरे हलात ऐसे है की में खुद पर भी भरोशे की बात नहीं कर सकता, सही हूं ये भी नहीं कह सकता, और इसकी वजाह सयाद मुझे ये भी नहीं पता, हर सुभा जब वो किरने मेरे हैं तो यहां हैं अंदर जाता हूं, खुद को ढुंडने की कोशिश करता हूं, उनके पीछे भागता हूं, उनसे बातें करने की कोशिश करता हूं, उनके आने की रिवायत को जाने की बात भी करता हूं, पर वो ना जाने रिवायत को कभी आगे बढ़ने की सजीश करता हूं, सब सही है जिंदगी में, वो लोग भी जिन्हे मुझसे नफरत है, और वो लोग भी जिनसे मैं अलग रहने की हर रोज कहता हूं, मुझे पता है, ही, मुझसे हर वक्त ये कैसा समाधान करेगा, फिर भी पूछना चाहता है इनसे क्या ये मेरे साथ चलने को तय है, मेरे एन बातें कहीं लोग ऐसे भी होंगे जो मुझे पागल समझेंगे, क्या कहेंगे है मेरे लिए, वो गलत कभी हो ही नहीं सकते, जो तुम्हें उस ए आने की बिना तुम्हारी फिरत समझौता दे उसे फिरत गलत कैसे हो सकती है।

मैं आज कल जिश तारह की खामोशी में खुद के अंदर महसूश कर रहा हूं, क्या ये जरूरी है, क्या ऐसी है मुझे पूरी करनी छै, ये ईश खुद से ही कादर अलग कर सुन्न भी इस्की है बरबाद कर रही की में उसे कह कर भी फिर से आबाद नहीं कर सकता, मैं खुद के आगे,

यही टूट चुका हूं तो खुद को संभलने की रिवायत कैसा करू, समझौता नहीं आ रहा है कुछ भी कि क्यों रुक जाता हूं हर दफा उसी मंजिल पर जहां मेरी जिंदगी मुझे ही डर है, जिसे मैं चाहता हूं में अकेला भी तो ठीक हूं, क्या मेरी खुशी काम पार्टी है मेरी रूह के लिए, रूह भी एक ऐसी महबूबा होती है जिससे न तो हम कभी खुद को अलग कर सकता है उस बेवफा में वह बिल्कुल और है क्या करने की, क्यों जिश दिन ये फन्ना सामने आ गई उस दिन मार्ग साथ में ही हमारी किस्मत को लेकर चली जाएगी, हजारो दाफा खुद से कह चुका हूं, फिर वह फिर क्या है को मुराद अब भी बक्की है, लोग कहते हैं ये जिंदगी एक ही बार मिलती है, सच कहते हैं ये जिंदगी एक ही बार मिलती है तो हैश कर अपने सारे गम भूल जाओ और आने दिन में हरश करो एक झूटी तबुसां परेशानी कर के उसकी यादें मिटा दो में खुद सेह ये भी नहीं कह सकता है कि कुछ दिन और वो महफिल फिर वापस आएगी और वो खुशियां भी, क्योंकि मुझे तो खुद भी नहीं पता की मेरी किस्मत कौन शि फिरता मुझे आएगी मोहब्बत पर जो मैंने खुद की खैरत हर वक्त उस खुदा से मांगी थी। दिमाग की नश बाश फटी शि जा रही, सुख की कहत नसीब नहीं हो रही, क्या कहता है खुद से ये हर वक्त खुद से ही पुच रहा हूं, खुद ही वहां भी हूं, रहा हूं सब के बाद हर वक्त एक आइशी उम्मेद को खुद से जुड़ने की कोशिश कर रहा हूं जो सयाद पूरी होगी ही नहीं, कहु तो एक पल में सब खतम कर सकता हूं, और आगे बढ़, फिर भी करूंगा। है, ये खामोशी, ये तन्हाई, उसकी हर एक यादें,

खुद से जोड़ कर बश खुद को संभलने की कोषिश कर रहा हूं, एक सवाल जहां में आज भी जब वो मेरे पास था तो मेरे साथ क्यों नहीं, क्यों महसूश नहीं कर पता था में उसे एक में एक। मैं जहां का नाम है उसे महफिल में जिसे मैंने पीने की कोषिश की है, ये सब सुनने का बाद सयाद मेरी फिरत आब सब को कुछ ठीक नहीं लग रही होगी प्रति हकीकत

बटाता हूं में कोई देवदास नहीं ही हूं, जहां की तलाश है, और न ही मुझे उशे नशे की लत है जिसी आहोश में एकर में अपनी जान गावा दूं, मैं दुनिया का पहला आयशा इंसान हूं जो खुद से ही परशान हूं, बात तो फिर वही में हूं की फ़िदरत हर वक्त दगा दे जाति है, में फ़िर भी खुद को थम्ने को तयार हूं, कोई मुझे समझे ये ना समझ में वो हूं जो खुद में महान हूं। सयाद मेरे सब आप सब को समझ में नहीं आ रहे हैं, मुझे ये बात पता है, कुछ दिन पहले में भी इनसे दूर था, खुद की एक विदेशी जीवन को जी रहा था और सयाद खुश मेरे भी जिंदा होगा जिशे मैंने समझा की वो दुनिया की भाई बेस्ट नारी, पर कुछ दिन बाद ही खबर आई की वो तो है दुनिया की। में अपने जीवन की आप सब को दुखद कहानी पहले नहीं सुनाना चाहता, क्योंकि मुझे पता की आज हमारी दुनिया में इसे के लिए हैं, मतलाब ट्रेंड चल चुके हैं, और बहुत सारी खबरे भी आपके इस से संबंधित सुनिए में आपको इससे संबंधित सुनेंगे दुनिया में बिल्कु नहीं लेके जाने वाला, पर उसमें भी कहानी बक्की है पहले साइड मिरर तो देख लो सारे क्योंकी ये रिहान रस्तयोगी की कहानी है, आप सब भी ये सोच रहे हैं पर क्या है, क्या कर रहा हूं एक कहानी है जो कुछ वक्त के बाद ही सामने आने वाली है, तब तक के लिए थोड़ा से इंतजार की नुमाइश है।

वैशे आप सब से तो मुलकत की ही नहीं, न ही हमारे सेहर से, और न ही की बादियों से, वैसा ही अपने नहीं की पर हम ही कर लेते, वैसा ही हमर नाम रोहित रस्तोगी है, जो मेरे साथ हैं है वो कोई और नहीं हमारे स्वीट और स्वामी भाई ही है, मतलब हम उनके छोटे भाई है, वैसा ही उनकी लाइफ ही पूरी कॉमेडी है पर कहते हैं एक नायक की जिंदगी बिलकु उस चांद की तरह खामोश भी और हमारे सिंगल कोई बात नहीं थी, मतलाब वो खामोश तो रहते थे हर वक्त पर सिंगल आजतक नहीं रहे, ससुराल हम भी कभी सोचा है की काश हमारी जिंदगी में भी कोई फूल बरसाए हम भी कभी पार्की की गलियां मोमबत्ती डिनर प्रति जाए, पर का करे हमारी उमर थोड़ी कच्ची है, और मा बाबू जी के सपने बड़े, अब उनके बाद तो हम ही तो सब देखेंगे ना, इशिलये प्यार को मोक्ष मन कर उसे अलग रहते है, पर अही को कभी किशी से प्यार नहीं हुआ, हम भी प्यार करते हैं है, पर वो सिरफ काजू कतरी सेह, जो छम पांडे की होती है वो

भी ईशी नुकर प्रति हर शाम को मिलती है, भगवान सची कहे तो क्या जादू है उसके हाथों में! हम खुद को संभल ही नहीं आते और रोज पौच कर दो एक किलो तो काजू कतरी खा ही देर है, ये बात और है की पेट में एसिडिटी की समस्या हो जाती है, ससुरा कहत भी तब जिंदा है। कर की जाति है, और उसका उदाहरण तो हमर भैया की ही जिंदगी देख ले, वैशे हम भी कुछ लेते हैं इतने भी गवर नहीं है जो हमारे मोहल्ले वाले हमको समझौता है, और मा बाबू जी सुर की तो है तो हमारी इज्जत ही नहीं हुई है, हर वक्त शोले पिक्चर के गब्बर बन कर हम से यही पुछते रहते हैं की कितने पैसे चुराए तुने, और कितने पैसे बक्की है, अब आप ही बताऊं हम तो उनके समाधानो, वैशे अपनी मां को हम बहुत प्यार करते हैं, क्या करें ममता चीज ही ऐसी होती है, अगर जिंदगी में कोई दौलत नसीब हो तो फिर मा के प्यार की ही बचा है तो और,

,हमे ना तो कुछ बड़ा करना है और न ही बड़ा बनाना है, फिर भी दिल में एक कहत है की मरते वक्त भी हमारी आंखें के सामने हमारे मा बाबू जी ही दिखें तबी तो हम ऊपर और जाने स्वर्ग का मिलेगा प्रति ज्यादा सेंटी ना हो, क्योंकि अभी तो पूरी कहानी बक्की है हमारे उससे की, तो सोच की अदालत को ये बंद कर के हम अपनी डाली को वपस लेते हैं और जिश मंजिल की तलाश है बस उसे पूरा करती है तो वहां को सुनने से पहले ये आपने सुनाने से पहले सबसे ये गुजरीश है की कमजूर दिल वाले इसे दूर रहो और खास वो लोग जिन्हे हर दो दिन पर मोहब्बत के काटे चुब से वो जाते हैं जिंदाबाद है ही है और अब भी रहेगी, प्रति टैब के लिए अपनी पूरी कहानी तो सुना दे हम, फिर कहीं वक्त मिले ये ना मिले।

"

यहा

परवाज

की खैरात

में ख़्वाब

बदल

चुके है
खुद को पाने
की अरदास
में कयी
हलात
बदल
चुके है
और
महरूम सा
तो
होकार
मैं
आज
भी
चलने
को तायार
हुन
पर लग्टा
है
आजकाल
उन गलियों के
चांद
बदल चुके हैं।"

2

विभाजित बिंदु

कहते हैं इश्क वो वजाह है जिसके लिए लोग कुर्बान हो चुके हैं, और के अभी भी इंतजार में हैं की ये रोग हम कब लगे और हम खुद से मुक्ति कब पाए, मोहब्बत है तो मोहब्बत है प्रति कभी देखा नहीं है, ये तो हमारे मिस्टर इंडिया की तरह निकली जो अच्छे काम तो करती है पर तौफे के रूप में अपनी साल कभी नहीं दिखी, वैसा नाम खराब करने की कोई कहत है हमारी वही क्या करता है थी इशलिये नाम प्रयोग की इच्छा जरोरी थी, वैसे ये हमारी कहानी तो नहीं, ये भी नहीं कह सकते हैं कि हमारी होकर भी हमारी कहानी नहीं है, मेरे कहने का मतलब है कि हम वही हैं पर हमी हैं मैटलैब हमारे घर के दुलारे और हमारे बाबूजी के प्यारे भी, अच्छा अभी तक लोग किया ही नहीं, और एक हमें देखा लो बिलकुल तोपा है हम, जू हर वक्त गलत काम करता है, तो यही बात है, हम शरीफ नहीं है पर क्या करे किशी को आती नहीं और हमारी दुभी कभी जाति नहीं, पहले बताता है के फैन है, और ना ही हम उनको जानते हैं, पर उनके पापा हम अच्छे लगते हैं इश्लिये हम भी उन्हे बहुत पसंद करते हैं, खैर ये बातें तो होती रहेगी, उससे पहले हम अपने बड़े भाई रिहान दे और अपने परिवार के बारे में, वही हमारे परिवार की लंबी कफी है, हमारे कहने का मतलबा है कफी नाम कामया है हमारे बाबूजी ने, के करे उनकी भी इसमे कोई गलत नहीं है, क्यों है हम हम रिहान रस्तयोगी की बातें कर रहे हैं, क्योंकि उन्हें दूर करने के लिए जो भी कर सकते हैं, तो सुनिए हम

उन्हे किताबी कीड अच्छे बोले हैं, पहले हम जहां हैं, ही हमारे भाई साहब उश विदला या के शिक्षक बन गए बन गए, मतलाब इतनी जल्दी कैसे? दिमाग को कन्फ्यूज्ड स्टेट में लाने की कोई जरूरत नहीं है, हम बता देते हैं, की वो एक छतर से शिक्षक कैसे बन गए? तो बात कुछ ऐसी थी की हमारे भाई साहब को पढ़ने का बड़ा मन था वो भी बचपन से ही...

मैं और बाबूजी उन्हे पहले से काफी पसंद भी करते थे क्योंकि वो उनके पहले बेटे भी थे, और लायक भी हर एक चीज के लिए, और राही बात हमारी तो हम उनके बिल्कू विपरीत थे पर हमी से हम उनके सामने थे इतने होंगे, वो हम उतना ही प्यार करता था सब भी इशी बात को अपने मन के अंदर छुपा कर ये सोच रहे होंगे की अगर उनकी कुछ कुछ अजेरेब लग रही है हम? लड़कों को तो शिक्षा मिलती है तो हमरे बाबूजी ने आइशा क्यों सोचा की वो अपने बेटे को पढ़ा लिख कर एक अच्छा इंसान बना लेंगे, ऐसी बात नहीं है की हमारे बाबूजी के पास पैसे, क्या काम तो है , पर वो इज्जत नहीं थी, जो हमारे बाबूजी बचपन से कहते थे, इस्के पीछे भी एक लंबी कहानी है, प्रति सुनोगे जरूर, तो कानो की पेटी खोल ले, और हमारे उन लोगों के लिए जाने में कौन से कांड किया है जिसके लिए वजाह से हम दौलत तो मिली प्रति इज्जत बिलकुल रख के बराबर। तो ये कहानी 1966 की है, जब हमारे दादाजी अमल आजाद त्यागी जिंदा थे, बड़ा खौफ था उनके हमारे सेहर में, लोग बड़ा डरते थे उनसे क्योंकि उस वक्त वो किशी संगठन के मुखिया हुआ, मैं कोई वो नहीं करता था ही किशी गांव के मुखिया थे, वो एक आइश संगठन के मुखिया थे जिन्के नारे ही कफी थे व्हा के लोगो को डरने के लिए, और कौफ को जरी रखने के लिए, वैशी बात को भी ,हमने कभी सोचा ही नहीं था की हमारे दादाजी इतने दिलेर इंसान थे पहले और बहादुर की तो बातें ही ना करे, क्योंकि हमारे बाबूजी कहते हैं की उन्होन एक सिंह को वो भी जिंदा मार गिराया ,की मदद से, वैसा नाम से तो शुद्ध थे इनके काम पर विचार से बिलकुल अलग, मतलब कावेरी न तो कोई नदी की धारणा है और न ही एक मित्र की, दादाजी कभी भी अपनी कावेरी को खुद ही कह रहे हैं की जिश दिन ये टूट गई उस दिन मनो हमारी सासें भी छुट गई, इशलिये हमारे दादाजी कभी भी अपनी कावेरी को खुद से अलग

नहीं रखते थे, वैसा ही वो जिश संगठन के मुखिया थे। थे "लहू बहाओ और धन कमायो" मतलब तो कान के पाले पर ही गई होगी आप सब के, क्योंकि जब हमारे बाउजी ने हम ये बातें वो भी हमारे दादाजी के बड़े दिन में बता हम थे तो भी भी अपने दादाजी जैसे फैंटम इंसां बनेगा और एक महान संगठन बनेगा, पर क्या करे किस्मत को ही ये अबादी मंजूर नहीं थी हमारी, आइशी बात नहीं है भी वो गरीबो के लहू नहीं, ऐसे ही जीते हैं अमीरो के पर वो भी किशी धोके की वो आजह सेह, उनका यही मन अथा की जिंदगी जिंदाबाद तबी रहती है जब धोकेबाज की सूरज और चिराग दोनो काम रहती है, उनके साथ जितने भी लोग थे वो दादाजी से बहुत प्यार करते थे, तब भी वह करते थे वहाँ नहीं छोड़ा, वो भी अपने परिवार की तरह पलटे और उनके बच्चे को पढ़ते भी, क्योंकि वो एक महान विद्या थे वो भी गणित के वो तो उनके हलत कुछ उस वक्त कुछ नहीं थे और वही थे और सेह हुई की उनकी रूह न कहते हुए भी बदलने पर मजबूर हो गई, प्रति इसकी सचाई क्या, या न तो हम जानते हैं और न ही हमारे बाबूजी न हमसे कभी जिकर किया है, वो कभी भी अपने नहियो का साथ उनके लिए निष्ठावान थे दादाजी उनके लिए जान भी दे सकते हैं पर जो उनके लिए निष्ठावान नहीं थे उनके लिए तो उनकी कावेरी ही कफी थी, वैसा हमने उनके सारे के लिए मेरे तो में ही बताया था पर , कावेरी हमारी दा एक दीमा का नाम था, जिनसे हमारे दादाजी बिल्कु रोमियो जूलियट की तरह प्यार करते थे, वैशे उनकी कहानी ने तब मोर लिया जब, दादीमा के बाबूजी ने हमारे दादाजी के बाबूजी की दादी माँ के पिता जी एक सोनार थे,

मतलाब ऊपरवाले ने भी क्या जोड़ी बनाई थी उनकी और इनके परिवार की एक तरह से ''लोहार'' तो दसरे तारफ ''सोनार'', मतलाब अगर आंखें सेह अगर उनके पेश परखे जाएंगे तो उनमें कोई अंतर की कहीं कोई निकलेगा नहीं जो सामने ले जाए, क्योंकि मेहंदी के काम तो दो करते हैं, एक खोज की तो दसरे और बनाबत की, फिर भी भैया! मैं जी पूरी कहानी तो नहीं पाता पर जितनी ही उतनी ही बताता है आप सब को, और रही गुंजयिश सावलो और जावा की, तो वो तबी पूरी होगी जब इनकी कहानी आगे बढ़ेगी, खैर जब दादी की बीजाती की थी, उसी दिन दादाजी

ने ये सोच लिया था की वो दादी को तबी अपने घर लेगे जब वो उनके कबीले हो जाएंगे और उन सोने की डोली में बैठाकर लेगे, प्रति किश तार ये ना तो उन्हें ही खुद अपने पिता जी को, और इसे पहले वो अपने पिता जी को कुछ बताते उससे पहले ही वो स्वर्ग पधार गए वो भी हैजा की बीमारी सेह, इन सब के बाद हमर दादाजी के सपने तो मैं उन में भी कभी उन में कभी थी, जिनसे वो बेहद मोहब्बत करते थे मतलब हमारी ददिमा, जब ये बात दादिमा को पता चली टैब वो उस वक्त दादाजी से मिलने ही आ रही थी के उनके पिता जी ने उन रौक लिया और उसके पूरे बाद क्या नौटंकी जो हर चौथे घर में एक लड़की का बाप करते हैं इस के अगर तुम्ने हमर देहलीज लंघी ट्रोह तुम हमारे मारा हुआ मुह देखोगी, इसके बाद क्या था दादी मां थोड़ी सेंटी हुई, और उन उस दिन ही अपनी देहलीज के अंदर बांध तोड़ दिया हट,... व के सुरूरत हुई, वो तो कुछ ऐसी थी जिसे कहने में भी मेरे अल्फाज थोड़े घबड़ा रहे हैं, जब दादाजी को ये बात पता चली की उनकी कावेरी आब इश दुनिया में नहीं है, तो कहीं उन क्रो वो भी समाज को लेकर, खुद उसे अपनी सीमा तोड ही दी, और जो नहीं होना था बहुत में वही चीज हुई, मुझे नहीं पता की ये बात कितनी सही और कितनी जूती प्रति इसे कहने की बात है मुझे जो में दीवार है ना जो हर एक साक्षी को हवानियत से डर रहती है पर जिश दिन इस्की सीमा टूट गई उस दिन हवानियात भी हमारे सामने तांडव कार्ति है, दादाजी ने कभी नहीं सोचा था कि हम कहेंगे, को बचा न पाई और न कहते हुए दादाजी वो कर ब ऐथे जो सयाद उस वक्त सही नहीं था, वैसा ही सच कहु तो दादाजी की किशी से पहले कोई दुश्मनी नहीं थी,प्रति जिश दिन उनकी कावरी की मौत हुई मैटलैब मेरी दादी मां उशी दिन उन्होन ये प्राण लिया था की वो उनके दोशी की उद्यान काट कर वो भी उसी देश में मैं टंगा दूंगा जहां उनकी कावेरी थी आखिरी पल बिटैउर वही हैं, कहने का मतलब है दादाजी ने वही किया जो उन लोगों का था, प्रति बहुत में दादा जी ने किसकी बाली चदायी? आईश सवल की कोई सही सीमा नहीं, क्योंकि दादी मां ने कभी खुदखुशी नहीं की थी, ये दादाजी जनता थ, प्रति अगर उन्होन ने खुदखुशी नहीं की तो उनकी मौत के जिम्मेदार कौन है, कौन हूं? कैसे हुई, और उनको मारा किसने? दादाजी ये बातें बिलकुल नहीं

जानते थे की उनकी कावेरी की हत्या किसने की, पर उन सब से बदला जिसकी सोच में उन हर वक्त परशान कर रही थी, मतलाब मेरी दादी मां के पिता, पर भी उन पर भी सयाद मुझे ये बातें नहीं सच्ची नहीं लगती, प्रति सच्ची क्या है आज तक ना तो बाबूजी ने कभी बतायी है, और ना ही मैंने कभी पुचने की हिम्मत की है, दादाजी की मौत भी कैसी है इसकी है मैंने क्यों जब भी हम अपने बाबूजी से ये पूछते हैं वो हम तोप कहे ये तो भागा देते हैं ये हमारे पीछे अपनी पौक्शालिका को लेकर साथ में हम पीटने की कोशिश करते हैं, बार हम लग्ती अभी जाने की फिराक में है तो माफ किजिये अभी कहानी अधूरी ही नहीं, बहुत अधूरी है, क्योंकि हमने तो अभी कदम ही रखा अपनी महफिल में पूरी कहानी तो अभी चांद से भी डर है। हमें पता था की दादाजी के बारे में हमारे बाबूजी हमको कभी नहीं बताएंगे, इशलिये हमने सोचा की हम कहां नहीं अपनी अम्मा सेह इस्के बार विचार करे जिन्का नाम सीमा रस्तयोगी, जो की हमारी महत्वपूर्ण, सबसे ज्यादा जान से ऐसी बात नहीं है की हमको अंग्रेजी नहीं आती है पर बोले में ससुर हमारी जवन लखराती है, इशलिये हम नहीं बोले, जब ये बातें हमने अपनी अम्मा सेह पुची थी उन भी दादाजी के सही बताए हैं और तुम्हारे दादा की भी मौत वही हुई जहां उनकी कावेरी की मौत हुई थी, पर एक और सवाल की अभी भी हमको परशान कर रही है की आखिरकार उनकी मौत हो गई तो हमारे बड़े बाबूजी है,

क्योंकि बाबूजी ने तो अपनी अम्मा के बारे में कुछ नहीं बताया हमको, मतलब हमारी दादी मां के बारे में?

“की तेरी
हर एक
अज़मात
पर
ए
खुदा
मरने की कसम

सुमीत कुमार

खाई है
है हमने
प्रति तुझसेह
बदले
में एक
गुजरिश
है
की अगर
अखिरी
वक्त
राघबत
हो भी
तो तेरी चौकाठ
सेह
हो
किशी
कि
मुहब्बत
सेह नहीं।"

3

यू टर्न

वैशे हमारी लाइफ में तो के यू-टर्न आए हैं, पर जो ये वाला था सैयद वो कुछ ज्यादा ही था, मतलब जिन रस्तो से हम बचपन से डर भागते हैं, बहुत में वही हमरी मंजिल बन गए हैं और हमारी जिंदगी में तो ऐसी ही मंजिल आए भी और गए भी, पर ईश बार रिहान रस्तोगी की जिंदगी ने आयशा यू-टर्न मारा की वो अपनी पहचान ही भूल गए, अब विद्वान हमारे भाई जान जो की विद्वान गए तो भी किशी के प्यार में। तो आठ साल पहले पीच चलने की अब सब से थोड़ी गुजरिश की, ठीक उस दिन उनकी जिंदगी आइशी कौन शी फन्ना ने दस्तक दी की अभी तक उनकी जिंदगी सेह जाने का नाम ले ही नहीं रहा है। स्थिति को मतलाब बुरी परचाई को डर करने के लिए और हमारे परिवार की खोई इज्जत लेन के लिए हमारे बाबूजी ने हम दोनो का प्रवेश उशी स्कूल में करवा जहां से उन उम्मेद थी की हम कुछ बड़ा बनेंगे मैंने अपने दादाजी के बारे में, तो मुझे तो ऐसी कोई बात गलत नहीं लगी की उन अपने दुश्मनो को मार कर कुछ गलत किया, ठीक उन उनसे उन में मोहब्बत चीनी थी तो बदल की लज थी लोग सेह न पसंद करते थे, क्यों दादाजी ने किशी ब्राह्मण की भी हत्या की थी और क्यों? मैंने इस्की वजाह से तो हम अभी अंजान थे, वैसा ही कहा तो खौफ था हमारा, लोग डर कर हमारे बाबूजी की इज्जत इशलिये करते थे क्योंकि मैंने देखा था, वैसा ही कहा था। मैं भी आपके दादा जी तारः वह बना था, बिलकुल निदर, प्रति हमारे बाबूजी

ये बिलकुल नहीं कहते थे, ऐसे ही उन वो आगन भी छोड़ दिया जहां दादाजी के नफ्स था, दम तो दम एक भविष्य की जरूरत बदल सकती है, जैसा कि परचा नहीं, वैसा ही अब रस्त्योगी परिवार की पूरी कहानी सुरु होने वाली है तो कृपा कर के अपनी बैश की पेटिया बंद ले क्योंकि जिस पर्ची नहीं, हम निकलने वाले हैं सब की जिंदगी को उथल पुथल करने जा रही है।

4

इलाहबाद की यादें

मैटलैब आज का दिन, जब में और रिहान भाई अपने कार्तव्य को निभाना के लिए एक आइश सफर पर निकल चुके जहां मुझे न तो मेरी मंजिल दिख रही है और ना ही उसके रास्ते, प्रति हमारे रिहान भाई जिन्की है की उमर सिरफ तीन साल की सीमा है, मतलब अंतर है, में अपने घर में सबसे छोटा तो नहीं पर बड़ा भी नहीं हूं, मतलब मेरे सावरी बीच में है, मुझसे छोटे भी एक सहजे है, ये जिन्का नाम है। ये वो सहजे है जिन्के नखरे इतने है कि तौबा हम कुछ कह ही नहीं सकते, पर हमारे बाबूजी की जान बस्ती है में क्योंकि छोटे जो है, ठीक आगे बढ़ते हैं और देखते हैं कि पहले थी जहां मेरे जहान की इच्छा हर वक्त ये जावब दे रही थी अब भाग चल, अब नहीं से सत्ता में ये दर्द, क्योंकि कुछ बात ही ऐशी थे, किंकी में वह नया था, और से मेरी दोस... वो कहीं और थे, बच्चन से फटम बने अ इतना अच्छा था की हर वक्त अपने पॉकेट में एक हाथ लेकर ही घुमता, क्योंकि मुझे दादाजी की तरह बनाना था, पर में ये भूल चुका था की दादाजी एक अच्छे छतर भी थे वो भी इतनी भी बहुत कुछ क्युंकी पाले ही ना पार्टी ही अंग्रेजी मुझे, अगर मेरे बैश चलता तो में गणित को ही ईश दुनिया से निश्कशित कर देता, जैश की पहले भी के स्कूल और नुके प्रबंधन ने किया था मुझे पीछे, और में अपने स्कूल बैग में किटबे काम और हटियार ज्यादा लेकर जाता था, और वो किश

तरह के हटियार थे वो आप सब समझ ही होंगे, मुझे बचपन से बड़ा शौक था की लोग, कभी भी कभी भी किशी ने गंभीर लिया ही नहीं, पहले तो मेरी जिंदगी ने, उसके बाद मेरे बाबूजी ने और उन सब के बाद पूरे समाज ने ,मैं ही, ऐसे दादाजी के जीते भी थे में उन अपने साथ ही रखता था वो भी सबकी नजरों से चुप कर, पर वो कहना आजकल के जमने में किशी की मेहंदी तो छुपी स्कूल पर कोई शक्ति नहीं बाद, ये मेरा नौवा स्कूल था जहां न तो मेरी सोच किशी सेह मिली थी और न ही मेरी बातें, खैर रिहान भाई तो पहले दिन ही उस स्कूल में बसे हो चुके थे और सब की नजरों में भी, जहां भी है क्यों रस्त्योगी की ये पहचान थी कि हम आप में कभी नहीं लड़े थे, इशलिये मुझे ना तो उनके फारोघ से कोई डिककत थी और नी उनकी कहत से, में उनकी बात तो 17 उन सभी में का है। वहाँ ने मुझसे कभी बात ही नहीं की, और उसके पीछे क्या वजाह है में खड़ा भी नहीं जनता, वो हमारे घर में सबसे बड़े हैं और कहीं भी जैशा की मैंने पहले भी जिक्र किया है, दलती है पर मेरे उससे मैं में तो दोनो की खैरात बराबर थी, अच्छी की भी और बुरी की, बाबूजी हम भले ही हर वक्त पीठा करते थे, दात थे, पर उन्हें कभी मुझे महसूश होने दिए, जब भी रोते भी बताते हैं आपने हमारे रिश्ते बिलकुल से परे विज्ञान थे, के बार तो लोग ये भी बोले थे की में उनका अपना बेटा ही नहीं, सयाद ये बात गलत हो सकती है पर महसूश हम भी करते थे, ठीक मेरे पास थे में कोई नरगी नहीं होती। वैशे रिहान भाई पुर्रे स्कूल में इश्लीए सिरफ प्रसिद्ध नहीं थे की वो एक विद्वान थे,

वे और भी के चीज आती थी जिस्की वजाह सेह लोग उनकी इज्जत करते थे और हम से दूर रहते थे, वसीह सारे टीचर्स उन्हे कफी पसंद करते थे, कोई भी ऐसी असेंबली नहीं सुन हमारे हमरी मैं और हर किशी के अल्फाज में अबश यही सब गुंजते थे रिहान जैशा के छात्र कोई भी नहीं है ईश पूरे स्कूल में, मुझे एक हदसे की वजाह याद आ रही है जो मुझसे बहुत ज्यादा अलग है और भी कहीं है थी पर जिश नाम की पहचान सेह वो पुराने स्कूल और हमारे मोहल्ले में प्रसिद्ध थे, उसी नाम की पहचान में हम दुसरी तारफ बदनाम थे, हर कोई ये बोलता की रस्तयोगी के तीन लड़के है तो वही है, जो एक है जिस हद से के बारे में ज़िक्र करने वाला हूं

वो कुछ इस तरह से थी, जब में गल्ती से उस स्कूल के प्रिंसिपल से तकरा गया, और उनसे आयशा टकराया की उनकी तांग ही टूट गई जो उस थी ....

5

उच्चारण

बातचीत

मैं: ओह सॉरी सर! में आपको छोटा नहीं पौचाना कहता था माफ किजिये गा मुझे किशी और धक्का दिया है, आप ठीक तो हो ना।

प्रिंसिपल : उल्लु के पत्थे तुमने मेरे पऊ तोड दिया (रोने की विधा) ओह अम्मा, में तुम ईश स्कूल से निकल दूंगा, तुम बिलकुल गढ़े हो क्या देख कर नहीं चल सकते हैं, इंसान हो ये हैवान तुम्हारी में क्या बिंदिया हैं एक तुम्हारा भाई है जो पूरे स्कूल में प्रमुख है अपनी पढाई को लेकर और दुसरी तरफ तुम हो जो सुधरने का नाम ही नहीं ले रहे।

सच कहु तो मैंने जान भुजकर बिलकुल भी आयशा नहीं किया था, पर उनके अल्फाज जैसे मेरे निकल रहे, मन तो कर रहा था कि जान भुजकर ही तोड देना चाये था, पर क्या कर सकते हैं पहले नहीं सक्ते ना, न कहते हुए भी मैंने वो कर दिया जो मुझे नहीं करना चाहिए था, स्कूल के जितने भी स्टाफ थे और बच्चे थे वो सब एक जुट हो गए और वो बातें बोलने थे बोले जो में बहुत ज्यादा थे पर ईश बार मेरी थोड़ी सतक गई थी, इशली में वह से भाग गया वो भी बिना बताये, क्योंकि मुझे पता था की आने क्या होने वाला था, बाबूजी की वही पिता फिर गुसे वाली नजरों, और फिर मुझसे स्कूल स्कूल में शिफ्ट कारा, ये सब जनता था।

रिहान भाई भी वही कहे थे पर उन लोगों ने कुछ भी नहीं कहा, वो बश वह सब की बातें सुन रहे थे और सबकी में हा में मिला रहे थे, मैं वह सेह भाग तो गया पर भी लौट ही घर गया था सीमा के पार चली गई, इशिलये न कहते वही भी मुझे जाना पर वहा, पर ईश बार बाबूजी ने हमसे कुछ कहा ही नहीं और न ही अम्मा, मतलाब ये कौन शि खामोशी थी उनकी जो मेरे जहां में एक जहां बन गया थी,

हमने अम्मा ने बात करने की कोशिश भी की, पर कुछ ने कुछ जवाब ही नहीं दिया। उस दिन दो बातें समझ में आई की जो छोटे मर सा ना लगे वो छोटे अपने से लगती है, बाबूजी हम हमेश समझौता थे जब भी हम कोई गलत काम करते थे, कुछ और भी किया था वो भी सामने जो न हम खुद सेह जहांर करने की गुस्ताकी कर सकते हैं और न ही अपने की, पर उस दिन के बाद मेरी रूह ने ये मन लिया की मैं गलत उस दिन बाद में भी थे ये हकीकत मैंने उसे छोड़ दिया, और वो घर भी, कुछ रास्ते आए भी होते हैं जो मंजिल की तरफ तो जाते हैं पर कभी उनसे वक्फ नहीं करवाते, मैं जनता था की जिश के दाग को मैं जनता था। में उसे और बढ़ाने की कोशिश कर रहा हूं, वो इतनी बड़ी रात थी जिश दिन न तो मुझे नींद आई और न ही सुख, क्योंकि जब उनकी डेटा पार्टी थी न तो सारे झकम भी मलहम करते थे उन्होन मुझसे न बाते न ही मुझे सांइ्या, और ना ही मुझसे कुछ पु यह दिया में समझ आया था की ईश बार तकलीफ की रिवायत ही कुछ और है, मैं वो घर इशलिये नहीं छोडना चाहता था कि मुझे आजादी छै था, हम उसे इशलिय कुछ और है उस दिन उनके दो ही बेटे हैं, पहले हमारे रिहान भाई, और दसरे हमारे घर के छोटे सहज। उस दिन के बाद लग भाग आज पूरे पांज साल हो गए, हम कुछ बन था इशली हमने वो चौकठ छोड़ दी थी पर जब वापस लौट कर हम उन गालियों में तो उनकी हवा भी पूरी तरह से बदल गई हमारे आशियाना हुआ करता तो उसकी दोर भी एन हाथों से छूत गई, मैं ये बातें क्यों कह रहा हूं, क्या बात है इन बातों को वो सयाद आप सब ईश रहश्या से कफ डर होंगे, जो कुछ है तो वह कुछ भी नहीं था, न हमारे बाबूजी की दुकान थी....

अधूरी दास्तान

और ना ही वो घर जिससे मेरे बचपन की यादों में थी वो सब एक पल में गयाब हो चुकी थी वो भी एन आंखें सेह, प्रति कौन शी फन्ना मेरे जाने के बाद उस घर में आया के उसके लिए पुचने की कोशिश भी की पर किशी ने कोई जवाब ही नहीं दिया, इसके बाद में अपने स्कूल भी गया फिर भी वह किशी ने जबाब नहीं दिया, उन्होन ये मनने से ही इनकार कर दिया की रिहा भी नाम का लड़का है मेरे भी रिकॉर्ड्स नहीं थे, एन पंज सालो में बहुत ऐशी कौन शी बगबत मेरे परिवार के साथ हुई है कि उनके वजूद की एक छोटी से पहचान भी मेरे आंखों के सामने दिखी नहीं दे रही है? मुझे ये भी नहीं पता था, अगर मेरा परिवार ठीक है तो वो सब है कहा, बाबूजी, अम्मा, रिहान भाई, और सहजा? रहेश की खैरत कुछ लंबी है और मेरी कहानी अभी पूरी होकर भी कुछ अधूरी है, किश फन्ना की कहत में मेरी खुशी मुझसे मुझे दुर छुकी ये बता तो नहीं सकता है कि क्या मैं अभी भी दिख रहा हूं?

    बे-शुमार

फना मिलि

है मुझे

उसकी फुरक़त

    सेह

जहां

महरूम

भी

मेरी

ही सासे

हुई

मैं और

इत्तिफाक

सेह
तख्युल भी |

वक्त के
साथ
रिश्ते
भी बदल
चुके है
आज
        और जिश
महफिल
में हमारी बातें
        हुआ करती थी
आज उनकी
चौकठ
भी
        हमे
देख
कर
अपनी राहे
बदल
लेटी है।
        संस्करण: 1

संस्करण: 1

संस्करण: 1

• 23 •

www.ingramcontent.com/pod-product-compliance
Lightning Source LLC
Chambersburg PA
CBHW021155130726
47988CB00004B/1619